KB057519

날개를 가진 자의 발자국

날개를 가진 자의 발자국

장철문 포토포에지

ㄴㄴ〉〈ㄷㄴ

차례

2부 개울이 소리를 내듯이

3부 나머지는 엄마가 알아서 하고

4부 함께 연기를 피운다는 것

작가의 말

산책이 잦았다. 마음 둘 데가 없었다. 걸으면서 그냥 보고 지나치기 아까운 꽃과 나무를 찍었다. 그와 함께 떠오르는 말을 몇 마디씩 적어두곤 했다.

이것을 사진이라고 찍은 것이냐고 누가 묻는다면, 혹은 시라고 쓴 것이냐고 묻는다면, 묵묵부답을 그 답으로 삼을 수밖에 없다. 그러나 서툴고 어설프나마 사진적인 어떤 것, 어눌하고 소박하나마 시적인 어떤 것을 담으려고 했으며 그 둘이 어울려 시적인 어떤 것에 가깝다고 여겨질 때가 있었다고 말할 수는 있다.

누가 이거 괜찮다고, 모아봐도 좋겠다고 했다. 그 말에 으쓱해졌고, 한 이태 자주 가는 카페에 올려보기도 했다. 댓글을 기다려 읽는 재미도 있었다.

사진Photo과 시적인 글Poesie을 어울렀으니 '포토포에지'라고 이름 붙였다. 사진은 주로 스마트폰으로 찍었고, 오래전 카메라로 찍은 것도 몇 장 넣었다. 제목이 있는 것도 있고, 없는 것도 있다. 제목이 없는 것은 본문의 한 구절을 따서 차례에 붙였다.

시라면, 시를 좋아한다는 사람도, 심지어 시인마저 체머리를 흔드는 시절이다. 그렇다고 해서 시적인 것에 대한 열망이 무너진 것 같지는 않다. 왜일까? 나는 그 답도 그 실마리도 갖고 있지 않지만, 뜻하지 않게 진척된 이 일이 또하나의 소롯길이 된다면 좋겠다. 나처럼이나 사진을 모르는 사람도, 시를 모르는 사람도, 들고 다니는 스마트폰으로 찍어보고 톡탁이면서 삶을 되짚어볼 수 있었으면 좋겠다.

소롯길을 서성이던 지난 몇 년이 이 책의 저자이다. 족보 없는 책을 내준 난다가 고맙다.

1부
명치를 데워오는 것이 왔다

첫 심장 소리처럼

콧김 내뿜는 소리가 들려

네가
땅을 울리며 오는 발굽 소리가

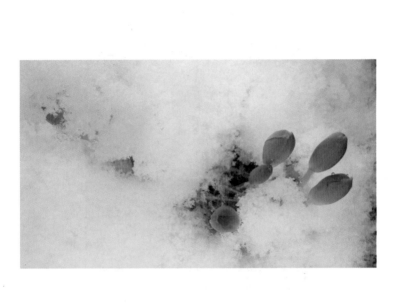

위쪽의 안부

302동과 202동, 305동에 갇힌 위쪽
네모난 어둠 속에서
개펄 갈대밭 위에서 나는 소리가 났다

만년필을 빨 때 풀리던 잉크 띠처럼
새떼가
북쪽으로 날고 있었다

단지 내 놀이터 귀퉁이에 내리는
햇살의 출근 속에서
나뭇가지에서 날개가 나오고 있었다

나무도 새소리를 듣고 명치가 풀린 것일까?

그곳에서 날개가
함박눈이 내려오듯이 솟아오르고 있었다

저 동백은 지금,

지고 있는 것일까, 피고 있는 것일까?

오고 가는 봄이라는 것이 따로 있는 것일까?
피고 지는 어느 사이가 꽃이라는 것일까?

꽃들도 석양에는 날개를 저어 돌아간다

20여 년 전, 미얀마에 가서 산 적 있다.
황색 가사를 입고.

아침마다 함께 탁발을 하고, 저녁에
노을을 함께 보던 우 꾸살라가
하늘에 가는 흰 새떼를 가리켰다.
"탁발 나갈 때 서쪽으로 가는 거 봤지?
거기 호수가 있어.
물고기를 먹으러 가는 거야.
지금은 어두워지기 전에 동쪽 숲으로 돌아가는 거야."
"새도 출퇴근을 하는구나?
생활 말이야."
우 꾸살라가 환하게 웃으며 엄지손가락을 세워 보였다.

이 생활 다 마치고 나면 돌아갈 수 있을까,
도반 곁으로.

아버지의 엉덩이가 매화 둥치처럼 무너졌다

아버지는 똥 누는 일이
가장 큰 일

사흘 만에 나와준 똥이
그득먹하다
고봉밥 같다

치켜든 밑을 닦아내며
똥을 묻히지 않으려고 손가락을 오그린다

내가 바라보고 온 모든 것이
추상적이었다

똥을 누는 일과
손가락을 오그리는 일

아직 곁이라고 느끼는 일

주차 위반이야!

　꽃잎마다 주차 위반 딱지 붙이려면 버찌가 까맣게 익
을 때까지 붙여도 다 못 붙이겠네

함부로 버려진 쇳조각, 부주의하게 던져진 심장

깐보지 않을게!

너희들이 여기 있었구나

좋구나

왔다

감나무 잎사귀가 왔다

아침때 빗방울에 왔다

피라미 꼬리지느러미 같은 바람에 왔다

햇살의 목말을 타고 왔다

코를 당겨왔다

혀를 조여왔다

명치를 데워오는 것이 왔다

넌 어느 알에서 깬 거니?

지금 막 출발하는 거야

어디까지 날아갈 건지 묻지 마

숲을 벗어날 건지
도시를 넘어
육지를 벗어날 건지, 지구 밖까지 갈 건지

연이 될 건지
알락개구리매가 될 건지
케찰코아틀루스가 될 건지
그런 건 묻지 마

돌아오는 것에 대해 묻지 마

그냥 햇빛이랑 바람이랑 노는 거라구

지금 막 출발하는 거야

왜 한 번도 생각지 못했을까, 이렇게 붙여진 이름이라
는 것을.

풍경도 슬그머니 빗장이 풀린 것을 눈치채지 못하는
날이 있는 것이다

멍석딸기꽃과 꽃을 부수고 들어가는 바구미

멍석딸기꽃은 분홍 물감을 붓대 끝에 콕콕 찍어 휴지에 발라서 조금 번진 것 같았다. 쬐그맸다. 꽃받침까지 해서 말머리성운의 어린 별 같았다. 쪼그려앉아서 멍석딸기꽃의 분홍을 보고 있는데, 그 옆에서 바구미가 꽃을 파고들어가고 있었다. 꽃이 무척 아프고, 딸기를 맺을 수나 있을까 안심찮았지만, 바구미도 힘껏 하고 있는 일이라서 어쩨 볼 수도 없었다.

오늘은,

　새로운 길을 걷고 있어. 일요일마다 걷던 숲길에서 새로운 갈래길을 발견했어, 눈에 띄지 않던.

　가벼운 흥분!

　어디로 난 길일까? 어떻게 구부러져 돌아갈까? 어떤 잡목들이 자라고 있을까?

　그다지 길지는 않을 것 같아서 아껴 가느라고, 쪼그려 앉아 바람의 손길과 그것이 내는 소리를 듣고 있어. 장끼가 꿩, 꿩, 하네.

　마저 가봐야지!

2부
개울이 소리를 내듯이

문득,

누가 먹었을까?

진드기에 물렸다. 새벽에 가려워서 잠을 깼는데, 살에 검정콩만한 것이 붙어 있었다. 피를 터뜨리자 쌀바구미만해졌다. 낮에 수풀을 헤치고 다닐 때 붙은 것이 분명했다. 쯔쯔가무시가 무서웠다.

아침 일찍 응급실에 갔다. 의사가 상처와 진드기 사체를 보더니 증세가 나타나면 오라고 했다. 진드기에 물린다고 해도 감염되는 경우는 흔치 않고 일단 감염되면 고열에 구토가 동반되기 때문에 모를 수 없다고 했다. 20일 정도 아무 일 없으면 괜찮은 거라고. 코로나19 때문에 감염내과는 예약이 어렵고 응급실로 오라고 했다. 처음 보는 의사와 마주앉아서 허탈하게 웃었다.

일주일 내내 가렵고 따가웠다. 증세보다 불안이 집요했다. 쯔쯔가무시는 치료제가 있지만, 중증열성혈소판감소증후군(SFTS)는 치료제가 없다고 했다.

열흘 뒤 응급실로 갔다. 쯔쯔가무시는 아니고 SFTS는 검체를 보건소로 보냈는데, 사흘 뒤에나 결과가 나온다고 했다. 응급실은 검사 결과를 통보해주지 않으니 전화

해서 확인하라고 했다.

사흘이 지났지만 결과는 나오지 않았다. 닷새 뒤에도. 보건소에서 연락이 없다고 했다. 코로나19 변종에 대한 기사가 연일 쏟아졌다. 가려움과 따가움, 무기력, 걱정과 근심 외에는 따로 증세가 없어서 연락하지 않았다.

열흘 뒤 응급실에서 전화가 왔다. 음성이라고.

누군가는 뱀딸기의 일부를 먹고 살고, 진드기는 내 피의 일부를 먹고 죽었다. 먹고 산다는 것은 누구에게나 목숨이 걸린 일이다. 뱀딸기도 나도 일부는 먹히고, 대부분 살아남았다.

사소한 것에 대하여

너와 함께 볼 수 있다면
이 사소한 것들을

너와 함께 나눌 수 있다면
아무렇지 않은
몇 마디 말

가볍디가벼운 웃음

개울이 소리를 내듯이
소리낼 수 있다면

너와

온몸으로!

이륙

햇빛을 향하여

이륙

온몸으로

이륙

그늘을 뚫고 숲의 꼭대기로

이륙

카페 탱고

너와 함께 카틀레야를 키우는 상상을 해
레드돌!

씽긋,
입꼬리가 올라가

이건
안타까움이고
건기의 싸늘한 밤 같기도 해

열대의 아메리카에서 와서
우리 모르게
삼바와 탱고를 추기도 하는 게 분명해

저항에 대하여

지는 것에 대한 안타까움이랄까, 두려움이랄까
그런 것들은
어디에서 오는 걸까요?
만져질 듯 말 듯한 그런 것들이
보풀처럼
바람오라기처럼
일어나는 그 자리는 어디일까요?
고타마 붓다는
갈애를 세 갈래로 나누어 보았다고 해요.
감각적 욕망에 대한 갈애
존재에 대한 갈애
비존재에 대한 갈애
이 구절을 처음 읽었을 때
저 소멸의 욕망이 천연덕스럽게 한 갈래를 차지하고
있다는 데 충격을 받았는데요, 어쨌거나
지는 것에 대한 안타까움이랄까, 어떤 두려움 같은 것은
우리의 존재 지향이 그 역방향의 흐름에 대해 갖는 저

항일까요?

　저 지는 꽃과 피는 잎은

　서로 잇대고서 저렇게 빛나고 있는데도 말이지요.

나마스테!

　인도와 네팔의 국경 근처 어느 마을에서 만난 아이들
이 꼭 이렇게 웃었다. 고타마 붓다가 태어난 곳이 그 어
름이었다.

공손한 작은 나라에서 온 사신

풀밭에 반쯤 몸을 가린 돌 하나가 눈에 띄었다. 마음 한구석에서 내려놓으라고 손사래 치는 것을 모르쇠하며 들고 왔다. 투박한 소반 하나를 구해다가 그 위에 얹어서 베란다에 내놓았다.

장이 서는 날 돌 위에 얹어놓을 게 없을까 하고 어슬 렁거렸다. 흰 꽃에 진분홍 잉크를 떨어트린 것이 나도풍 란이라고 했다. 튄다 싶었지만 한 포기 얹어보고 싶었다. 아주머니가 꽃 기척이라고는 없는 그 옆엣것도 가리켰 다. 그건 대엽이고 이건 소엽이라요! 이파리가 큰 것과 작은 것.

소엽이 진짜 풍란이라요! 남쪽 해안과 섬에서 벼랑에 붙어 사는 것인데, 꽃을 곧잘 피운다고 했다. 뱃사람들이 해무에 표류하다가 바람결에 실린 그 향기를 맡고 육지 가 가까운 것을 안다고 해서 풍란이라고. 두 포기를 나란 히 얹어서 안 될 것은 없었다.

나도풍란은 자랑껏 피어 있다가는 이내 갔다. 뽐내듯 꽃을 피운 녀석들을 들이면 꽃이 지고 나면 곧 낭패를 보기 쉽다. 소엽은 이파리만 바람에 날리다가 꽃을 영 못 피우는 것인가 싶었다. 그래도 돌을 부둥켜안고 뿌리를 굳세게 뻗는 품이 대견했다. 굳이 꽃이 아니라도 제 할 일을 하는 녀석이었다. 그렇게 한 해 반이 갔다.

며칠 전, 우연히 베란다에 나갔다가 이 녀석을 만났다. 어느 공손한 작은 나라에서 당도한 사신 같았다.

하늘수박

'하늘타리'가 표준어 자리를 차지했다. 그래도 나한테는 '하늘수박'이다.

밭가에 덩굴이 나무를 타고 올라가 푸른 열매를 매단 것을 가리켰더니, 하늘수박이란다. 수박에 '하늘'을 더하였으니 얼마나 달고 시원할까 하고 따려 했더니, 못 먹어! 하셨다. 수박이면 수박이지 왜 못 먹어, 에잇! 하늘에 달린 수박이든 하늘에서 먹는 수박이든 깨물면 턱으로 단물이 줄줄 흐르고 창자 속까지 시원해야지, 왜 못 먹어! 싶었다.

할머니는 참 나쁘다. 툇마루 대밭 바람 속에 앉아 큼지막한 수박을 쩍 갈라 손주 다섯을 먹일 때 입맛을 다시면서도, 안 보이게―내가 다 봤지만―침을 꼴락 삼키면서도 끝까지 한 조각 집어들지 않았다. 할매는 옛날에 마이 묵었다!

당신도 몰랐을 것이다, 손주가 당신 가까이 나이가 차서 이 하늘수박꽃을 보고 그냥 지나치지 못할 것을. 속깨나 썩인 넷째가 낯선 도시에 밥 벌러 와서 산기슭을 오가

다가 하릴없이 애먼 꽃을 이리 찍고 저리 찍을 것을.

그러니 나빴어도 큰 맘 먹고 봐주자, 함양 오씨 우리 할매 달뫼댁!

백합대포

빗방울이 무시무시한 걸 쟁이고 있어

곧 터질 거야

귀를 꽉 틀어막고, 코를 벌름 열어!

물, 방울

너를 스쳐서
너와 닿아서

잉어 한 마리가
슥,
건너왔다
어두컴컴한 수초 밑으로 들어가
호랑이처럼 기어다녔다

부레옥잠과 노랑어리연꽃을 뚫고 튀어올랐다
가시연꽃에 긁혔다

이쪽으로 건너왔듯이,
건너가려고

흰 백일홍

직장 옆에 향림사라는 절이 있는데, 대웅전 앞에 흰 백일홍이 좋다. 어려서는 배롱나무나 목백일홍이라 하지 않고 그냥 백일홍이라고 했다. 그래서 백일홍 전설을 이해하는 데 한참 걸렸다. 백일홍은 그렇게 피고 지는 꽃이 아닌데, 전설이 참 이상하다고 생각했다. 이 꽃은 백일 동안 피어 있는 것이 아니다. 백일 동안 작은 꽃들이 끊임없이 피고 또 진다. 우리의 몸과 마음 역시 동일자가 아니고 끊임없이 새로 피고 지는 것과 마찬가지라고, 이 백일홍을 심은 이는 나무를 심는 행위로써 쓴 것일까? "변하지 않는 것은 아무것도 없다. 쉬지 말고 정진하라"라는 고타마 붓다의 마지막 말처럼. 그래서 정열이 아닌 성찰의 빛깔을 띠는 것일까? 여하간 드문 꽃이다.

내 집에 꽃이 왔다

참 희한한 녀석이다. 코를 박고 핀다.

이름이 호야다.

호야,
호야,
자꾸 불러보고 싶은 이름이다.

산 아랫마을의 안부

산 아랫마을에서는 지게가 사람 노릇을 하고 산다
할아버지가 지게와 함께 사는 그 집을 지날 때마다
그 안부가 궁금하다

말동무

집 본 적 있어? 나는 하루 온종일 집 봐. 날마다 집 봐. 자고 일어나면 집 보고, 자면서도 집 봐. 집 본 적 있어?

가니?

벌써 가니? 코 박고 피었다가… 인사할 새도 없었니?

3부
나머지는 엄마가 알아서 하고

2021년 8월 14일 토요일

코로나19 신규 확진자: 한국 1,817명. 일본 20,490명. 미국 44,312명.

마삭지세

　마삭줄이 아스팔트에 진주하고 있다. 지난봄 이 길가의 담장을 타고 오르는 근육질의 줄기 두엇을 담장 주인이 툭툭 잘랐다. 이 가을까지 마삭줄 뿌리는 이 많은 줄기를 숨가쁘게 뻗어올렸다. 파죽지세라는 말이 무색하다.

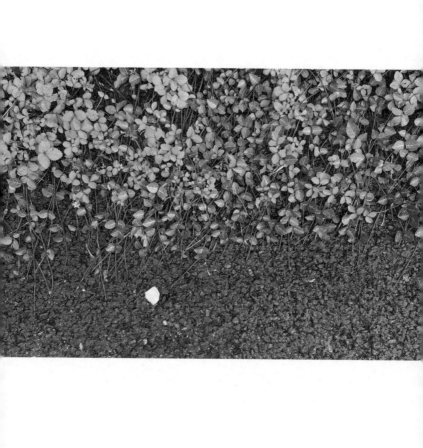

뜨거움을 돌려준다

한철 잘 살았다

어머니 눈때 묻은 것이다

엄마, 잘 지내지?

작은형이랑 만났지?
등짝 두들겨 패며 실컷 울었지?

큰형은 잘 있지?
손 붙잡고 새는 동이처럼 오래도 울었지?

아빠도 갔어
나머지는 엄마가 알아서 하고

다섯 형제의 가을

가을이 어디쯤 오는지 보려고
다같이 꼭대기에 앉아서
지켜보고 있었습니다.

— 형, 그 위에서는 보여? 보여?
— 그 아래서는 자세히 보일지 모르니까, 그냥 거기 있
어. 나도 어떻게 생겼는지 몰라.

낮달

물 말아먹은 맨밥
할머니랑 물 말아먹은 맨밥
물 만 밥 한입 머금고 풋고추에 된장 푹 찍어 와삭 깨
물어 먹은 맨밥

나무널 앞에 서서

출근하려고 서둘러 양말을 신다가, 아버지의 발이
쑥 양말 속으로 들어가는 것을 보았다

툇마루에 앉아 조선낫으로 꾸덕살을 밀던
아버지의 뒤꿈치
나무널 위에 높이 서서 싯푸른 하늘을 머리 위에 두고
나뭇단을 아래로 툭툭 던지던 아버지의
발목

원룸이 생기자마자 슬리퍼를 직직 끌고
뒤도 안 돌아보고 KTX에 오르던 아이의 뒤꿈치도 있
었다

가을 애호박

할매한테 이 애호박을 따다 드리면
무얼 해주실까?
툭, 잘라
반은 넓적넓적하게 썰어 호박우거리로 볕에 내다 널고
반은 채 쳐서 프라이팬에 물 살짝 붓고 덖어가지고
호박나물 해서 밥 비벼주실까?
곧 서리 내릴 엷은 볕을 쬐고 있는 놈이니
늙은호박 할 건데 똑 따왔다고 나무라지는 않으실 거야
솜털 보송보송한 저 애호박을 똑, 따다 드리면
무얼 해주실까?
감자도 하얗게 채 치고, 호박도 파랗게 채 치고
밀가루 반죽을 낮달같이 해서
아하, 그렇지, 수제비를 해주실 거야
김 폴폴 나는 솥 안에 뚝뚝 떼어 넣어서는
온 식구가 둘러앉아 후룩거리게 하실 거야
이마와 목덜미에 땀을 훔치게 하실 거야
그랬을 거야, 할매라면

꽃사과꽃

꽃과 사과와 꽃이 팔짱을 끼었다

발이 착착 맞는다

꽃 속에
불이 들었다

꽃이
몸을 태워서
불끈 사과가 피었다

솥 속에 밥이 있듯이
사과 속에 꽃이 있다

가을밭둑에 서서

당신과 함께 이 길을 걸어서 까만 새끼 염소 세 마리를 낳은 어미 염소를 데리러 가던 그 저물녘의 이야기를 이제 알아들을 귀가 없다고 합니다. 당신과 나의 날들은 그날의 땅거미와 함께 어느 땅밑으로 기어들어간 것일까요? 어느 서쪽에서 낮달처럼 떠 가다가 하늘 속으로 스며든 것일까요? 뿔도 없이 바위에 뛰어올라 자꾸 들이받는 연습을 하던 그 새끼 염소들은 어디로 갔을까요? 그 녀석들의 상추싹 같은 귀는.

날개를 가진 자의 발자국

날개를 가진 자도 발을 버릴 수는 없었다. 손을 가진 자가 발을 다 버릴 수 없었던 것처럼. 땅을 버릴 수 없었던 거고, 날개를 쉬어야 했던 거다.

날개는 자유를 위한 것이 아니라 먹이를 위한 거다. 그래도 자유에 대한 상념을 포기할 수 없다면, 먹이와 생존의 자유를 위한 거라고 해두자.

새=날개=자유라는 비유는 의심스럽다. 자유란 날개로든 발로든 손으로든 얽매인 것이 없다는 뜻이 아닌가? 그것은 지상으로부터, 삶으로부터, 심지어 죽음으로부터 놓여나는 것이 아닌 거다.

날개는 자유의 형식이 아니라 삶의 형식이다. 발이 그렇듯이.

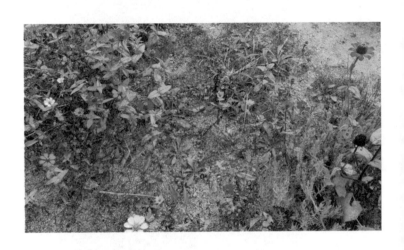

밥상보 같은 언덕이었다

어느 해 고종사촌누이가 다니러 왔다. 고모가 보고 싶어서 왔다고, 고모랑 고모부 사는 게 보기 좋아서 왔다고, 한 주일 남짓 집에 머물다 갔다. 들에 나간 엄마와 아빠 대신 밥을 짓고, 빨래를 하고, 청소를 했다. 학교 갔다 오면 밥상을 차려 보자기로 덮어놓고 마실을 가고 없는 날도 있었다. 개울 건너 아랫마을에 함께 공장에 다니는 친구가 산다고 했다. 아랫마을 어느 집에 가서도 밥상을 차리고, 빨래를 하고, 청소를 하는 것을 본 사람이 있다고 했다. 이듬해 누이는 같은 공장에 다니던 그 집 아들과 결혼을 했다. 그때 누이가 덮어놓고 간 밥상보. 결혼식에 갔다가 누이 부부를 본 적 있다. 이제 나도 환갑이 넘었다고, 건넛마을 그 집 아들인 늙은 자형과 나란히 서서 웃는 누이의 흰 이가 벚꽃잎이었다.

가을 사냥

가을볕을 사냥했다
녀석이 화약 냄새를 좋아하지 않아서
총은 가져가지 않았다

노란 비늘을 마구 털어대는 녀석을
산 채로 잡느라고 혼이 났다
신발까지 벗겨지고 말았다

결국 나무 뒤에 몸을 숨기고
붉나무 잎사귀와
벌개미취꽃으로 꼬드겨서 잡았다

집에 와서 보니
작은 볕도 한 마리 따라와 있었다
내 얼굴도 까맣게 그을려서 함께 따라왔다

신출귀몰한 녀석!

비늘 몇 낱 슬쩍 흘려주고는 내 살갗을 산 채로 잡아
갔다

볕무덤

　형은 성묘를 할 수 없다. 그의 살의 일부는 구더기가 먹었고, 짓무른 살과 뼈는 바다에 날렸다. 작은 어선에 오르며 발을 내딛으려 할 때 너울에 배가 설핏 밀렸다. 무표정하던 그의 여자가 발을 내딛다 슬몃 거두어들이며 피식 웃었다. 그의 여자여서 어두워야 했던 그녀는 너울의 장난에 설핏 응했을 것이다. 그녀가 형을 사랑하지 않았다는 것을 모르기는 어려웠으나, 가끔 그녀의 발목의 기억이 차창 밖에 형의 무덤 스치듯 할 때가 있다. 그때 나는 스무 살이었다.

청동 부장품처럼 굳었구나, 너는

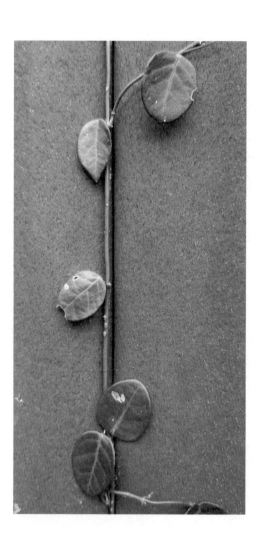

몸

내 몸을 조이던 철사가 내 몸이라고 느낄 때가 있다

내가 철사를 온몸으로 밀어내는 것인지
철사가 내 온몸을 지탱하고 있는 것인지

철사가 부둥켜안은 몸이 녹슬고 있다고 느낄 때가 있다

4부
함께 연기를 피운다는 것

안나푸르나 산간

마음속에 품어온 것을 미처 몰랐던 빛깔이다

마을

함께
연기를 피운다는 것

저기 빈자리에 가서 앉아보세요

푼힐Pun Hill. 푼족의 언덕. 해발 3,210m. 안나푸르나산
군에 속한다. 언덕치고는 좀 높다. 지리산이 1,915m, 백
두산이 2,744m. 번역의 불가능성이 태어나는 지점이다.
새벽에 오르면 별이 참 또락또락하고, 그 차돌 같은 것들
이 이마 위에서 투두두둑 동공 속으로 뛰어든다.

룸비니 근처

네팔 거쳐 인도에 좀 다녀오겠다고
형한테 전화를 했다
3개월 남짓 걸릴 거라고 했다

형이 한참 뜸을 들이다가 말했다

"거기라고 별거 있겠냐?
사람이 있고,
삶이 있는 거겠지."

나는 아무 할말이 없었다

아버지는 폐쇄병동에 있었다

"안전이 최고다.
건강하게 다녀와라.
......

부럽다!"

나는 아무 할말이 없었다

저물녘이었다

산양떼를 몰고 앞서가던 아버지가
돌아서서 기다렸다

어머니가 두 아이와 함께
함지를 이고
천천히 가고 있었다

큰아이가 와서
어머니의 함지를 받아 이었다

그 옆으로 물소들이 순하게 걸어갔다

람바르 스투파
— 붓다의 다비장

2,500년 전, 거기서 무슨 일이 있었을까?

그가 오늘 여기 산다면,
그는

아니, 나는

어떻게 살고 죽을까?

달아 일몰

일몰을 보러 갔다, 아이와 함께

탱천한 불덩이가

기구가 되어 떠갈 것 같았다

행글라이더가 되어 날 듯했다

연시가 되어 물크러졌다

싸늘해졌다

아이는 깔깔거리며 행글라이더를 타고 날아갈 것이다

고요하다면,

자세히 보라

고요하다는 그 느낌을 보라

고요하지 않다

만족스럽지 않다

씨앗 다짐

내 몸을 뚫고 뿌리가 내려서 아, 좋구나라고 말할 곳으로 갈 거야

내 몸을 찢고 싹이 돋아서 아, 행복하다라고 말할 곳으로 갈 거야

수금水金 캐는 법

이른 봄, 금빛이 일렁이는 계곡물을 가만히 떠서 집으로 가져온다. 세숫대야 같이 넓적한 그릇이 좋다. 마당에 들어서면, 그날 해가 가장 먼저 드는 자리를 가려 내려놓는다. 엷은 봄볕에 맡겨 한나절이 꼬박 지나면 수금이 바닥에 가라앉는다. 이때 윗물을 가만히 따라내고는 그날 해가 가장 늦게 질 자리를 가려 다시 놓는다. 햇볕과 바람에 물기가 다 가시고 나면, 바닥에 수금이 먼지처럼 깔린다. 해가 서산에 꼴락 넘어간 뒤 맨손으로 쓸어 담는데, 아직 해가 있을 때 거두면 눈을 잃기 쉽다.

막,

흙더미를 밀고 나온 개구리다

혼신으로 밀고 나오느라고
볼따구니며
귓불이며
매흙질을 했다

바람을 파리처럼 잡아먹으려고
입을 벌리는데,
그 안쪽 속속까지 햇살이 들었다

봄밤이었다

어디서 고두밥에 누룩 섞는 냄새가 바람에 섞여 왔다

이 길로 오지 않는 사이에 꽃이 피었다

쪼그려앉아서

턱을 괴고

산딸기꽃의 옹알이를 듣는다

어머니 자리

표지석 이만치 마른 개똥이 있었다

보름달팥빵과 포도주스를 놓고
절을 하고 나서 알았다

이렇게 마르다가 비에 스며들지 않을까요?
당신 손주가 참견을 했다

그냥 내려왔다

발길 뜸한 자리를
가끔 와서 둘러보는 강아지가 한 마리 있는 것이다

눈자위가 오목한 쬐그만 새의 집

장떡을 부쳐먹으려고 제피나무 순을 따러 갔다 만났다

머리는 밝은 주황빛이고
눈자위가 오목한, 쬐그만 새의 집

빗장처럼 걸린 솔잎으로 그 크기를 가늠할 수 있다

남쪽 청미래덩굴에 한 마리
동쪽 때죽나무 높은 가지에 또 한 마리 갈라 앉아서
어쩌구저쩌구
그쩌구저쩌구 의논이 많았다

오랜 연인

하동에 바람 쐬러 갔다. 재첩 채취하는 철이라고는 생각지 못했다. 둑방으로 가다가 물속에서 함께 일하는 내외를 만났다. 일한다는 것과 마주한다는 것, 그것이 함께 있을 때 아름답다고 느끼는 것은 무슨 까닭일까?

어느 쪽으로 발을 내디뎌야 하나?

꽃은 왜 꽃이고, 그림자는 왜 그림자일까? 그림자는 왜 꽃이 아니고, 꽃은 왜 그림자가 아닐까?

생겼다 없어지는 거, 햇볕에 걸려서. 하나는 빛에 걸리고, 하나는 온기에 걸렸다는 것일까? 내나 같은 거 아닐까, 걸렸다는 건.

어디서 온 것일 리 없고, 어디로 가는 것일 리 없다. 걸려서, 일어나서 스러진다.

날개를 가진 자의 발자국

ⓒ 장철문 2024

초판 1쇄 인쇄 2024년 7월 1일
초판 1쇄 발행 2024년 7월 10일

지은이 장철문
펴낸이 김민정
책임편집 유성원 편집 김동휘 권현승
디자인 퍼머넌트 잉크
저작권 박지영 형소진 최은진 서연주 오서영
마케팅 정민호 박치우 한민아 이민경 박진희 정유선 황승현
브랜딩 함유지 함근아 고보미 박민재 김희숙 박다솔 조다현 정승민 배진성
제작 강신은 김동욱 이순호
제작처 더블비(인쇄) 천광인쇄사(제본)

펴낸곳 (주)난다
출판등록 2016년 8월 25일 제406-2016-000108호
주소 10881 경기도 파주시 회동길 210
전자우편 nandatoogo@gmail.com
페이스북 @nandaisart ㅣ 인스타그램 @nandaisart
문의전화 031-955-8865(편집) 031-955-2689(마케팅) 031-955-8855(팩스)

ISBN 979-11-94171-01-0 03810

○ 이 도서는 2022년 순천대학교 학술연구비(과제번호: 2023-0008) 공모과제로 연구되었음.